她们这样叫你

王芗远 著

长江出版传媒　长江文艺出版社

目　录

2015

3　她们这样叫你

4　大　地

5　诸　神

6　我一个人在放牧

7　暧　昧

8　11 月 20 日的最后一首诗

10　马的妻子

11　走　路

12　花园喷泉

13　喉腔颤抖

14　老烟鬼

15　自由旋转

16　夜　歌

17　坚果林

19　坠落爱河，在半空中

20　路

21　　房　间

22　　面包房

23　　一个艰难的一天的夜里

24　　嘲鸠鸟

25　　青　苔

26　　故　事

27　　圆

28　　我开始长胡子了

29　　关于天气

30　　我的室友夏凯

32　　盐

33　　话

34　　你需要虫媒吗

35　　兔子坡

36　　在晚风中

37　　那些以自我为中心的人

38　　巧　妙

39　　李同学

40　　承认与反抗

41　　安　放

42　　野斑鸠

43　　摇篮曲

44　　阴　影

45　　杂树林

46　　茁壮的东西

47　　小青年

48　　1877 年，冬天

49　　池　水

50　　月球尘土

51　　遗　失

52　　风中的橡子

53　　妈妈，我在顿河

54　　火

55　　凌乱的城堡

56　　大自流盆地

57　　蓝色漫过江汉平原

58　　你们是迷惘的一代

59　　游弋的塔马戈

61　　课间作业

62　　战斗者

63　　艾吧哗

64　　滑　步

66　　夏　至

67　　少年老成与不翼而飞

68　　高架桥

69　　很多人

70　　头发丝

71　　火车行在卡拉尔的平原上

72　　海风样子

73　　安　眠

74　　人生如梦

75　　班迪熊

76　　给你的诗

77　　大天使

78　　空房子

79　　一个诗人

80　　给懒懒

81　　光明颂

82　看不见的城市

84　静　物

85　勿忘我

86　阿瑞斯

2014

89　美杜莎

90　油橄榄

91　小声呼啸

92　假装抒情

93　我不再把你比作鸟儿

94　千只鹤

95　我的爱

97　淡蓝色小夜曲

98　千百年来

99　蓝色湖

100　光明与幸福

101　老约克

102　炒　作

103　后半生

104　溢美之词

105　我不是一个诗人

107　要我如何在悲伤的时候形容飞鸟

108　白精灵

109　韩信点兵

110　林中有雾

111　智　者

112　城楼之上

113　万物都有痛苦

114　六　月

115　致我们的风和蕊

116　幻想听你弹布鲁斯

117　给陌生人

118　我尝试想些崇高的东西

119　马蹄声中

120　黑枝条

121　生日之前

122　青色的隐喻

123　八点整

124　墓　床

125　苦芥子

126　在木地板上，喝茶

127　如果有什么我已忘记

128　呼乌拉尔湖平躺在草坪上

129　理想国

130　装扮者

131　草　芥

132　珊　瑚

133　仙　子

134　执子之手

135　致 D. S.

136　缪　斯

137　也许出门

138　假面舞会

139　风铃草

140　关于流星

141　十二武士

142　装成一只狼

143　钠元素

144　小小的地震

145　就不会有那么多悲剧

146　当我重新做人

147　昨夜着凉

148　永志不忘

2013

151　混血儿

152　短　风

153　老掉的燕麦

154　生活真实因为头皮太痒

155　万里无云

156　石器时代

157　许多许多

158　结绳记事

159　婴儿之妹

160　芒　牙

161　樵　夫

162　住在那边

163　回旋梯

164　暗处的火焰

165　篝火晚会

166　王那个和那个王

167　雨森林

2012

171　我的生日是一个短年代

173　宝盖头

174　天　空

175　风　车

176　石　头

177　闰　年

178　献　诗

2011

181　大地大久了会长霉

182　在水边

183　咚　咚

184　雅各的家人们

185　大　海

186　摩西出生的那一年

187　一首献给风与儿童节的献诗

189　二

190　大阳岛屿

191　夏天到了，春天还没来

192　水电工

193　世　界

194　花　蕊

195　山　楂

196　秩　序

197　头　发

198　照镜子

199　马

200　浮士德

2010

203　眼　珠
204　山
205　上　网
206　只　能
207　幸　福

2007

211　水　池
212　给小草洗澡
213　你·土地

214　跋

2015

她们这样叫你

她们这样叫你
肉虫。如此贴切
以致我忘了你本来的样子
那个时候你笑起来
如此容易，仿佛
我们正年轻
安大略湖就在对面

我们开车，走285号公路
小麦一束一束，这些粘在地上的
光线，它们的腰肢不可辩驳

肉虫。长头发的肉虫
她们这样叫你，而你
纵声高歌。方向盘湿了
我一直想看你纵声高歌的样子

大　地

今天
大地上形形色色
白里透红，苹果从床榻
砸落，而砸本身
使人如饥似渴地生活

马车穿行，千年后
海风被车辙定形，海盐凝固
道理的结晶一言难尽
万物的关联奇异，在我们身上发生

诸　神

赫菲斯托斯
拿着图表
他不相信蓝色是欢乐的源泉，而不是铁
智利人的话应验了，喜鹊
是寻常的，难得的鸟

听它叫吧。雅典娜的美貌
和阿芙洛狄忒的聪慧。失衡的秤
在每个人的眼里可以看到。

我一个人在放牧

圆形山丘，不易发觉的
青草坚硬的乳房。我在放牧
永远不知道羊可不可以哭
河流可不可以开口。当然
我在想你。泥土并不像想象中那么
青葱而亲切。它们缠人，在
此时此刻，我想抚摸自己的乳头
显然我还不会抒情。在爱中
我还没有进化成人。

暧　昧

鹳鸟喝着水
马儿在田里走着
泥块融进地里
云在天上变化
我的裤管卷起
泥水附在小腿肚
偶尔有一两只鸦叫
代替我说出一切。

11 月 20 日的最后一首诗

1

今天我迷路了
我看着风却没有看见它
思索着空虚的理由
空虚是与外表一致
今天我与外表如此一致……

如果今天下了一滴雨
滴在我的眼睑上
我会假装我哭了
我哭也需要云帮忙
也需要云哭。

我想要你看着我的眼睛
进而看着我。把一切都告诉你
用我沉默的双唇。

今天我觉得我是一个坏孩子
可我无缘受妈妈的责备

她觉得我一切都好
只是长大了。

2

我很困惑
低头看见移动的双脚
乘着他们不能下来
不是去集市
不是去山坡
去一个空白的地方
我看见汽车冲撞着风
东来西往，拥挤
像水华。忍耐着
变形的压力，咬着牙。

今天，你看了我一眼
又很快地看向别的地方。
我也一样
我们都是很好看的人
也许问题出在人身上。
我困了。我想念普儿
告诉它我想念它
也想念我自己。

马的妻子

她做了马的妻子
她做了什么
四肢着地
双手骨骼硬化，生节
多年以后在马的墓床
她起身，向新逝者
索要火焰

走　路

我在走廊上
走路。
千年扇贝悄然闭合
另一个人说
"哦。"倒吸一口凉气
她们都知道发生的事情
不知道没发生的事。

花园喷泉

泥土双臂环绕
轻轻勾住星球
身体如一朵迟开的月季
幽闭。海风在山谷里
狂吹。不够它的幸福
如一块错位的音阶
充满了我们专注的
因错误而爱。

喉腔颤抖

如果我的喉腔颤抖
狗熊一样，因笨拙而幸福
秋天与枫叶在山上被搅拌
人们不被我理解
人们将感到孤独。

以前我喉腔颤抖
把手指伸入地底
抓住芹菜的根须
铺成被子，躲在里面
哭泣，哼唱
品尝浓缩的身体。

老烟鬼

老烟鬼写诗上瘾
躺在床上，
笼罩在
星云和墙壁间，他
信仰佛教。什么
神秘主义。他从没去过
知道可能性的不可能性。
我可怜他，送他一条鲸鱼
他骑在鲸背上，笑破了嗓子。
这个苦涩的嗓子被他弄破。

自由旋转

三条线
不能围成三角形？
水牛从泥水里起身
望着青草
嚼着青草
踩着青草，谜！
四条粗粗的腿
粗粗的腿。

踩，踩，踩，打响鼻
很难看懂
它在干什么
牛肩和牛肩
打火石
打出云
打出苹果
显然不在一个层次。

夜　歌

夜晚如三叶草浸透我心
牛羊下山。这与上山不同
不是露水，而是晚露
现在还有露水吗？

我在环形小路上逆行
我在找你。也在找我自己。

坚果林

她就这样躺在那里
像一片沼泽
黑暗笼罩了大地
她的嘴唇牵引着
话语被说出
标点符号被圣灵焐化
只有连续的钟声与
铃声的混合物
从她口里发出
从她母亲腹中
从她脚踝覆压着的
一千条受伤的道路中发出
未名之心破土而出

整片世界摇摇晃晃
在醉汉背上找到了它的盐袋
有时灯光与岩石交错出现
在她沉睡的记忆深处
她一个人，然而
从未孤独，一个人恋爱
揣摩内部世界。

榛果如腹语从远方的边际冒出

一个接一个：曾经她找不到它们

苦苦找寻的，不就是

榛果？在地平线上

后退的恒星，一切都在以无形的方式被说出

她缠绕着自己，如双生的泥鳅

如果她醒了，这不可能……

她会让这一切发生吗？

这连贯的瞬间，永恒如一个饰物盒

挂在她的胸口。

坠落爱河，在半空中

我们都坠入了爱河
它很浅，这让我们
叽叽呱呱，两脚朝天
头陷在各自的淤泥中
我说水底有一个人
你说水底有一个人
"另一个人。"我们总结
"但不是我们自己。"

路

通往我的路并不通往母亲
也不向父亲。我的路
是一条狭窄的路。我曾在上面
衰老，如同十五六岁
也曾死亡。它使我疯狂
当它越过我自己。我是说，这条错误的路
这条蓝色的兴奋而隐蔽的路。
它通向你。宝贝，这让我委屈，
当我独自站在路的尽头。

房 间

在我的身上找到房间
今夜叶子在体内，最后的一片
悬挂在左心房。左心房，右心房
恐惧是唯一入口。还有怀疑。
黑色的，混杂不定的怀疑，那么一把
隔夜的匕首，插在我流动的细胞中，
在它们分解之前，曾经撞击过行星。

面包房

你怎么了？
有什么痛苦我可以治疗
藤蔓。从脚下向下。我沉默的静脉
和慌乱的心。治疗本身
就是疾病。我能不能
我不能。不能唤醒你
你这个卡夫卡文。正如月光不可以倒流。

一个艰难的一天的夜里

一个艰难的一天的夜里

我像狗一样吠叫

知更鸟知道我的意思

它在笼中擦洗羽毛

它哪有什么羽毛

我也没有羽毛

在我年轻的时候

那是昨天。我把它们给了你

今天裸体的我感到冰凉

啤酒的遗愿在尖叫

被子上沾满了我艰难的呼吸。

嘲鸠鸟

八月底的嘲鸠鸟
嘲鸠。雨色空蒙
我坐在湖边
不知道湖心在哪里

青 苔

我给你从神农架带了青苔
这黏滑的青绿色附生物
本身竟是干燥的，它们
很小，但是
令人惊讶。这就够了
你也这样。我也这样。
走吧，忘记那股铁腥味。
拖着假根去行骗。

故　事

故事从叹息开始
王子想到水生植物
缠绵的东方的江南
稻米拥挤，泥土得到它
丰满的爱情。泥土抛弃

说书人想给你讲一个故事
他看透了自己，因此满意
痛哭流涕。故事太长
有关爱情，有关秋叶，有关湿地
他的牛车丰盛。故事过多
说书人只想吻你一口

圆

画一个圆。
在梦中闪现，当我们
嘴巴张开，积累回声
我们的身体像海藻缠绕
那片圆形沼泽
望向夜空，发现
手脚虚无。幸福难以表达
而有些痛苦不易发觉。那时
河水高涨，想到圆，
圆使我们兴奋
也让我们绝望。

我开始长胡子了

不知道为什么
我只长了一根
长的，还有两根
短的。也许人生就是
这个道理，也许它是什么
别的道理。
我开始长胡子了。

关于天气

关于天气
我想给你写首诗
这是一首爱情诗
讲的是我对你的爱情
我要这样开头：
"今天下了第一场雨"
尽管今天没下雨
没关系。关于天气
我们不必拘泥于形式
只要下雨了，你就能开开心心
袜子会湿，你回家换袜子
我看不到你了
这样，我就可以坐下来
安心写这首爱情诗
再把它转交给你。

我的室友夏凯

夏凯。
我突然想起那句古诗。
海内存知己，天涯若比邻。
我就把它写下来了

我还想说：
夏凯。我想告诉你我现在在
想什么。有关我的爱情
有关我自己。
你是过来人。
我不知道你还想不想
说些别的

今天我打坐的时候
流了很多口水
也许这是必须做的事。我知道
还有很多必须做的事
必须成为另一个人，
当你哭完之后。
看着你的烟头我说
你他妈是个诗人。

我也是个诗人，我们之间
还有些什么要说的

盐

是时候想一想盐了
想想那些蓝色的东西
安眠药带来的幸福，当你
走下公路，怀念脚的形状
怀念公路上的人
那唯一你能决定的幸福。

话

杰克维克在小路上躺下
思绪像蜘蛛爬出来
结网。
白云悠长，日光游离
他想起老子的那句话
他不知道那是不是老子说的
但他很喜欢它。

你需要虫媒吗

晚风中，星球浑浊
生活在行走，而我们跟不上。幸好
阴影留给我们喘息的时间。
在闪光的河流中，记忆
稍纵即逝，调整那颗心
如同钟表匠拨动齿轮

一切都顺理成章，而明天我要远行
今天，呆在睡衣裤间，我的身影
不被我熟知

兔子坡

兔子坡青草丛生
月亮狼嚎
我在兔子坡旁蹲下
兔子的生活可大可小
像一摊水在地上
远在千里之外

在晚风中

在晚风中
众鸟回巢
树枝上下抖动
落日照在很多地方
我的扇子不敌自然风
驴子与我各得其所
在你面前停下，深深地
看你。小星辰仍在激烈旋转
你是不是你的另一个

那些以自我为中心的人

那些以自我为中心的人
在我旁边走来走去。在我旁边说话
我有时候很讨厌这帮
以自我为中心的人。我有时候想让他们
以我为中心。

巧 妙

小时候不用塑料瓶喝水的好习惯
丢了。小时候洗完澡剪指甲
很香。如今时间被释放
黑色水流流动。你听
那水流的声音，水
总能巧妙涌动。你不必管它
你也不必动你自己。大可回家种山芋
你不必动那些泥土。

李同学

李同学女同学
天生鬈发还没干
做作业，突然
翻开小圆镜子照
还轻轻用指头肉刮脸
我以前也有个小圆镜子，有洗面奶
我曾经也是个爱美之人

承认与反抗

苹果并不总是一拍即合
我说。当我从冰箱中拿出器皿
在灶台前，系上围裙
我曾一遍遍重复，满怀柔情地
当你在我旁边。当你不在旁边
当我一个人的时候。

安　放

我可以这样给你唱歌
是这样，我可以在山丘隆起之余
把目光移到你的脸上，那
宁静之所，幽闭的吊脚楼
我可以让它们轻微晃荡
潮水升起，月亮沉浮
我唤醒古老的文字
从泥水中，一只巨大脚掌
被我取出。被我安放。我
挥动触角。在无可奈何的时候
你爱我。让你复述你看过的内容。

野斑鸠

多少年了
水洼忍耐着浮力
人群交头接耳，声声如水
在山谷里倾斜。多少年
野斑鸠与野杜鹃在体内齐鸣
土里的羌管长出新的羌管
而我，走下坡路时
体内滚石也在无声碰撞

摇篮曲

有谁在唱摇篮曲
我好想听一听
在黑夜抱紧天鹅绒
在山顶铺开自己。那些
深陷爱河的人安眠，那些
失眠的人走动：
一切都曾好过，
一切都会好起来。

阴　影

瓜果好甜
阴影里的瓜果不甜
一个从未领受痛苦的孩子
是跳着上床，而床
有床的幸福呻吟，凝聚在
浅薄月晕中。我看到
薄幸的女子，和薄情的人
因为对爱的恐惧走到了一起。

杂树林

在杂树林里摆渡的人
用桨伤害了自己。他的妹妹
像一只喜鹊。他看见所有的人
那条他爱得不能再爱的河
当他无以为继，他仍在匍匐前行

茁壮的东西

茁壮的东西
不存在
阳光转移，从
庭院到破碎的雨林深处
指甲在空中浮动
树木消失

小青年

雨季有些迷恋悲伤　又抗拒
关节炎。一个人坐在窗边，天色湿答答
躺在沙发上。聊胜于无，不会告诉任何人
在想什么，容器破裂，瓦缝中
残碴慢慢生长。在窗上画字，把脸贴在雾的边界
脉搏全无。不会告诉任何人不会
不愿伤害任何人。

1877 年，冬天

男孩在字典侧面写上
永不说死。
街道两侧煤的绿莹莹的灯
多年以后，马车车轮开始滑落
而马车里的小姐，她保持冷漠的平衡
使我忍不住爱她。她保持冷漠平衡
白骨仍在高速行驶。

池　水

池水中显出能言马
侧脸。忧郁的颧骨
如一盏灯。

我缓慢接近。从高悬的果树
坠落。鲤鱼慌张，树皮毫无防备
我回应着大地深处的话语
能言马消褪。我唇部粘黏

月球尘土

和一个女孩享用过月球尘土
手挽着手，一起走到了尽头
狗的喘息像浸水的雷电
交织路口太阳本来是要落掉的
那时月亮特意托举

走到尽头了我们停下来
还蛮高兴。月球尘土比想象中
甜美，如一阵风，填充了淘气的罅隙

她把手搭在我的肩膀上
我们都忘记了独自一人时想的那档事
她的白衬衣被月光打湿
我的鞋底闪现小时候的图标

天。那把尘土。
小小的旋风让我们重新来过
在人生的路口选择那些相反的路
并且走到了尽头

遗　失

在玛雅人的古城里行走
体内是遥远的巨石，体外
茸毛和藤蔓，同声低语，
复述千年前女人喉头肉的点滴
被剥夺的成分，另一个空间里
枝干以声波的形式飘荡

风中的橡子

一枚无家可归的橡子，在夜风中翻滚，呜咽
———张执浩

怀念那些清凉的夜晚
粉色电动车充电
白天爬坡，夜里在蓝色水流中
低低哼鸣。小城市与榕树
再度缩小，在座凳里，淤积着新鲜雨水

喇叭声熟悉，灯光在墙壁间
缓缓穿行。那时我打开电脑，放一首
情歌。声带颤动像阴天里低垂的红树枝
而我不成气的假音
爬升，顺着街道到那些礁石肩膀
你总在那里。我知道。你的胡子甜蜜
她的身体有橡树气息

妈妈，我在顿河

夜色流转，草木冲天
我一个人坐在顿河岸边，尖利的土层
把我划伤。黑夜中，有那么多
无家可归的手，那么少的容器
你是我的容器，而今我再次发觉

请别说为时已晚，妈妈
请别说为什么。为什么
我的脚印荒凉，山河
破碎，为什么
我怀着一个不成立的皮囊
还能以此沉沉睡去

火

火输给了火
火压制火。火将火
扭转。硬碰硬
火焰柔软。火光
如果皮翻折。火，
进来。火，你的悲伤。

凌乱的城堡

——致 X. Y.

黑色巨石低垂，挂满
郁结的气流。城堡
如同脑袋，危险而富于野蛮的技巧
逼近。1967年，群鸟飞来，啄走
他的脏器。你记得，我们安然自得
只要有火。只有火。靠近它
我们将不治而愈。

大自流盆地

屋顶上有小雨粘连
阴天下，南风急转直上
唤醒了地下蠢动的暗河
如一个符号，从地上升起
而我与这些不同。我从中走过
不想天人合一
只是感觉这些遭遇，这与我毫不相干的
冷淡，逼着我吹起了口哨。这感觉很值。

蓝色漫过江汉平原

蓝色漫过江汉平原，草长莺飞
细小的房屋盛不下坏天气
出门，种植草茎，环绕
唯一一个行星。除此之外
这么好的坏天气，这么空寂的大身体
还能做些什么

你们是迷惘的一代

此刻她站着，躯干前倾
说话。而他们，围站在一起
互相询问

游弋的塔马戈

1

我坐在游弋的塔马戈
看那些少年儿童一代代消失
他们幼小的身躯，他们光屁股的笑容
燕雀的小手小爪，与生俱来的宁静幸福缠绕
月球曾被上帝打入他们胸膛
我看它们被扼杀，被涂改，被连根拔起
我自己。我本可以做些什么。

2

塔马戈！关于你的悲戚
泪水太轻，沉默又太重
太多。我身披黑纱掩盖苍白。脸上
奶油的升腾作用，在塔马戈
被山谷没收

3

我亲吻过他们每一张脸，每一张
半开半闭的小嘴。他们灵巧得像鲸鱼
永不会让你完全吻到。也就是说
真正的幸福。
我曾经如饥似渴。在秋风中摆脱
纷繁的落叶。在每一个角落
现在它们甚至更薄

4

游弋的塔马戈，它游弋
在修女之间。在爱的平面内
总是部分石头凝结。而后它抽身而去
我真的怀疑。我只能拍打树干。

课间作业

又回到
现在这个时候，大理石钟
滴答。回到了冰凉的大理石本身
野外，把手探入岩层
抚摸昨天正沉沉死去的
男人的肩膀。

我惊讶于那些远古的
脚步，被以氏族的色彩
涂抹。那些脚步，将穿过阴湿的
周口店，迷乱的河流，直接
回荡，在大理石钟盖间
沉积，像一声叹息。

战斗者

终其一生，他坚持
战斗。挥舞拳头，擦干
涎水。他不知道人生
荒谬。但他记得
黄花草歪倒的味道。那些
蜷缩的盐，在与死胡同的爱情故事里
渐成空壳。他敲打紧密的山体
并且潸然泪下。他说他只想回去
幼儿园，襁褓，然后是逃逸的秋风
在静谧的羊水中，把骨头
尽数折断。谁知道
六月的悲戚，当七月的地中海香风拂面
谁记得，曾经那紧缩的风衣
触水即溶的信念，如何
自我支持，背对着空虚。

艾吧哗

艾吧哗，
触摸笼统穴位。
艾吧哗，
赤身裸体，十六年前，
在迷宫中：艾吧哗！
寻得发光体。一定要抓住
一定要抓住。艾吧哗。

滑　步

1

多少年来
我在灯芯绒里练习滑步
滑过那条艰涩的丝瓜
和那些颤动的沙丁鱼群
那些沙丁鱼群。我看着它们冷漠
看着它们索取光线。看着它们间歇性地
滑入洋流深处

2

并且我滑。我在我的
城区滑。灯火通明，
抱头痛哭。我不知道
不存在的沙子有没有原因

3

两个亲人。我看着自己

越滑越远。从他们体内
滑出。硬邦邦的月光
陌生的脚。这一切都在发生
这一切。这一切。星云漂浮
我只是需要一个地方

夏　至

草茎中乳白色汁液向上流淌
在分叉处微微震动
继续向上，阳光不容置疑
宛如石头。它们搁在那里
你感觉到了。这很好。

少年老成与不翼而飞

道中遇雨，如同不遇
浅山坡缠绕，你打的
两个问号漂浮。我想起山洞里
那两个健全的人。他们在多年以前
没入湖水。脚踝分开了
额外的波，时间枯萎
土崩瓦解。在我的面前，在我空寂的
行李箱中，他们的回声会持续下去

高架桥

高架桥上车辆来往
我曾感受刺骨的冰凉
随后是六月的阳光，卫生纸
拖沓而饱和的风。有时候大地撼动
有时候天上鸟儿彼此呼应，保持着距离

很多人

很多人，像石头
而很多人像水。
实打实，肋骨，以及拍击湖面的
劈啪声，从痛苦开始
学习如何迷恋生活
那些水，比如我，
附和两声，难以表达
内在的形状

头发丝

我热爱尚未被说出口的事物
和尚未成形的风
野鸟在河滨等待。随后丛林飞起
捕捉同一个太阳。太阳。我
胆敢再说一遍。

火车行在卡拉尔的平原上

我永远也不曾
这样，对自己重拾的心
如此小心翼翼。重新开始学习
满怀爱意地抚摸活动座凳
并希冀勾起那些迷失的感受
平原在夜里一望无际。黑夜
掩盖了那些人造而不堪的事物，那些
电线杆，他们是如何慌乱地竖起它们
并如何坚信自己的迷茫

车厢里人们高声交谈，远处的声音
近处的呢？疲倦的脸，沉入
荒原的肢体。他们
也一样。人人都一样。断断续续地
爱，抗拒那些尚未被照亮的潮流。
我想为这光荣祝福。我敲开荔枝青色的壳。

海风样子

我和他走在路上
因为失望，他不住打嗝
那个水性杨花的女孩
我想，各自都有各自的嗝
风吹起来，旋转在空旷的路上
像它曾在海上那样广阔稀薄，寻找
愿把它取走的长臂鸟。那鸟
眼神虚无，喙无力
他们走路的姿势从爱情得来
一些人无所顾忌，一些人故弄玄虚

安　眠

缪斯是那些安眠药
枕头是那些工地
星月的神话揉成废纸团
欲哭无泪，以及完整的睡眠

人生如梦

"人生如梦。"
他读到这里，再也不愿读下去。
此前房间里有气息异常
我察觉到了，因而我的双膝乏力
而他本不该一字一句地
苍白地继续下去，指望继续
苍白的，这一切能发声的时光

班迪熊

班迪熊走了九千九百九十六里路
向下斜过小巷，向左穿行于陌生人群
班迪熊习惯漂泊的滋味
这滋味各不相同。在拱桥底下
熊生火做饭，与女孩共舞
女孩共有一百六十一。个个都是
流浪者的妻子。班迪熊为她们擦拭眼泪
告诉她们大千的风情。以及小花小草
成为篝火，再成为黎明。这些事情
勾引熊离开，并每次回到原来的地方
那些女孩。它静候她们老去。

给你的诗

我对你的爱与别人相同。
草茎里白色汁液，忍冬花
美妙的东西，我带给你。美妙的音节
我重复别人的话直到它们变成我的
沿着人行道走，必然会到海边
海千篇一律，我喜欢和你待在一起
长风徐徐，海水的咸味直入心底。

大天使

——致张执浩

我开始发觉霞光满面
我开始摇摆我的肘子，这是唯一
孤独的狂欢。晚上有风
也有流水，在枝头间打转，流入彼此
我停下手头的游戏。那是一棵
冬青树，那是一轮月亮
此情此景，都使我低低呼喊
小孩的名字。

空房子

别告诉我
我可以在空房子里穿梭
敲每一扇门，让窗户
开开合合。这种感觉
只可意会。当你离开曾经的
那个姑娘，那个好姑娘
你以为你再也不去别的地方

一个诗人

一个诗人
站在那里
真是个诗人。
他又不懂爱情
他写什么
他写蒜苗
写蒜苗
和金属棒子缓缓碰撞
他自以为　写得好
但夜晚睡觉
还是莫名其妙地
梦到别人。

给懒懒

懒懒，我总不能平白无故地
说话，心里装着海洋，却做出
喝酒的样子。没有痛苦的时候
我也觉察到万物生长，暮色四合
用手指敲打叶肉它会反弹回来

懒懒，那时候我高八度
写诗绕圈子，不说人话
现在我重新认识你
是在百无聊赖的时候

光明颂

现在的我在大街上流荡
所有的树都上了锁，天空深处
岩石致密。我的拳头缩回
紧扣的玻璃酒瓶
像房门洞开

这大地错误地植入了
我的头发，试图回归母体
一次冲锋，另一次
尝到了菠萝的味道，那么明亮
促使这南风盘旋

看不见的城市

1

长久以来，居住在
看不见的城市
循环的季节，蓝色
就是其他颜色
黑暗笼罩了升起的事物
就像光亮刺眼，星云动荡
千万个人正在消失
一只手握住了轮廓

2

在维舍尔街道
品尝到爱情
这自生自灭的气流
黑夜，怒吼的人
把陨石连根拔起

3

喜鹊的蜗牛味道
黑色石头从地底涌出
一次一块，像是请求
像是总结陈词

静　物

你鲜红的嘴唇和我苍白的嘴唇
你一无所知的饱满我知道的空虚
你吃葡萄的时候我竭力赞美
如果无话可说
就流出眼泪
我无法用叙事的口吻，穿过走廊的时候
只能不断重申我的沉默。先人的诗歌史里
出现过假面具。而我贫乏的真实
没有水。没有火。没有颤动的嘴角
多次深感蓝色沉重，从湖水里爬出
如同在光线中降临。我要另谋出路
一如我鲜艳的呓语，剧毒
却叫人怜爱。那么多海滩
在我脚底流失，在亲吻月光的时候
有无法挽回的陌生

勿忘我

我送我勿忘我
勿忘我。瘦茎上残留着
草屑。夏天，醒来
将是多么快慰。

啮齿物种已灭绝
又从体内复苏。我的獠牙
还太短。

生活难以一举咬断
挺起目光，旅行帐篷
总在风里。那时我会
哈哈大笑，也会嘿嘿小笑
而今，只在悲凉处
才感到快慰

阿瑞斯

阿瑞斯的肌肉
如他的悲哀。辉煌
始于窒息和自卑。在山顶跳跃
食指指向众生
嫉妒鱼盐和龋齿，在夜里落泪

阿瑞斯，看着我
苍白的眼珠像一片纸
从高空飘落。

2014

美杜莎

如果我有巨大的悲伤
使我麻木，只知道身体状况
鸟儿向上盘旋没有方向
风从眼睛吹出去又吹回来

圣诞节而不下雪，我怎么
隐瞒世界，当石子从身体上滚过
当身体在石子下消失

油橄榄

油橄榄的油
是太阳油。绿色山谷
空荡荡。夏天
夏天。万物自然生长
世上的一切,快活而且
经不起推敲

小声呼啸

我背对人群。一片枯叶
在白天凋落。夜晚
在白天凋落

现实本身用来哭泣
幻想本身用来入睡

如果我离开
会有小声呼啸

假装抒情

把车开进风里，像一只甲虫
顶着城市前行

人们假装抒情，在十一月
眼泪便掉了下来

我不再把你比作鸟儿

小东西
我为你戴上明日的枷锁
为你走今日的路，当你看向别处
我总是以为你在看我

或者我们一起干一些叫人欢快的
体力活，垒一些土石，权当
掉落的种子。当你看向别处
我总是以为会有飞鸟

千只鹤

我在千只鹤的背上走来走去
并且飞行。在云中砍柴
那些人间的炊烟升上来
不能成云成雨，就只是炊烟

千只鹤并没有千只
有时只有一只
有时有三两只
我时而从空中坠下
便不再感到孤独

我的爱

1

我的爱
从怪诞中来
像无色的鸟
和无味的烟

我的爱
火车在靠近庄梁的地方
侧翻，我的爱
在靠近庄梁的地方
侧翻

2

和石子一起
仰望星空
正如星空仰望
低低的黑柳树

所有的东西生出来
都有可亲的意思
炮弹打过腹部
也有轻轻的余震

3

我们在世上行走
要像风在风里吹
时常提起那些过去的人
要像谈论自己

淡蓝色小夜曲

爬山虎盛极一时
在夜里就开黑色的小花
在你面前吞吐露水
每天晚上人们盖好棉被
等待浪漫的事情在昨天发生
探戈，探戈盛极一时。人们跳着探戈
忘记了手的模样，水井
遍及星球，暖和的爱情
又不像是爱情

更像是瘦长的鹤，生下短小的鹤，
一齐饮下河塘

千百年来

人们喜欢说
千百年来
小巧的东西，活着的时候藐视时间
这是特权，如同阳光不会再有

在二层小阁楼里
呼吸自如，他像一条鱼
编制渔网。马儿踏平海面
当然，人们会说
千百年来。

蓝色湖

我将投入蓝色湖里，一死了之
正如明日不会再死
我今日不愿再开森林
太多的灌木没有理由
落叶的乔木只有落叶

太阳被我按入黑夜
裹尸布。潮湿的轻鼻梁
羞于呼吸，面对蓝色湖
少有人能自由站立。

枝条是一种土地。死是一种
爱。爱。我爱把篱笆埋入地底
享受头颅的消亡
爱。爱。我爱把虚无当作真相
爱渔网试着把我捞起
又将我放下。

光明与幸福

妈妈，我要这样光明与幸福地活下去
毕竟我从未出生，迟迟不愿
熄灭第一根火烛
我不愿承认马群跑着老去，而草野空空

草野空空大不过一场风
空气里的胳膊互相缠绕然后松开
互相缠绕然后松开

妈妈，如今我走在东京的大街
空无一人，没有消失和躲闪的声音
海棠花在向阳的地方开着
毕竟她们从未开过，只是
幸福的声音，沥沥消失在沙尘和脾胃里

老约克

老约克有辆摩托车
有人送了他一辆另外的摩托车
他还是骑原来的那辆
一直骑到很晚

炒　作

山川炒作星河
鞋炒作旅人
锅炒作一枚青豆
流言便炒作锅

那不勒斯来的男人
抚摸我的脸颊
在我的鼻尖
装上了云

后半生

独轮车骑上天际
人们品味节日，比如一个日子
高二的人聚在一起，仿佛有话要说
诗人彼此分离，仿佛有信可写

牛郎和织女，两具浪漫的尸骨在宇宙漂浮
石头上，牧童和他的鱼开始翻阅星河

溢美之词

风吹了两个小时，比夜色多三分钟
巧妙的我怀着巧妙的子孙
大地上分布有更小的大地
花里有花
我停下言语，抚摸天与小指

我不是一个诗人

当生活背叛了我
或我被强行背叛生活
我不是一个孩子
我不是一个诗人
我也许会死去
就在明天
明天有同一样的太阳，清一色的天
有一只飞鸟飞来掏走大地

我不是一个诗人
或许牙刷是
牙刷上上下下
而我模棱两可

写作为了写作
因而我要死去
黑色的钟扣住
也扣住我的眼睛

当有一天我背对着你
形容你像一只羽毛

我自己干枯的双臂只剩洪水
请不要将自己惊讶
这个世界死去的诗人将不住地复活

要我如何在悲伤的时候形容飞鸟

莫斯科郊外的小镇
自高自大的喉咙和争抢风头的肚脐
你知道我说的是谁，我没有博爱，妈妈
我消化不良。我一口吐出山川
九座山川流出河流
八条河流。小学的数学虚弱得快要死去
我该如何在这片半空结庐生烟

白精灵

老了的墙，老了的倚靠
夕阳意味深长，因为它要离去
山川都是离去的姿势，它们松松垮垮
如同流水，溅起飞燕

坐拥行李。开花，发芽
读相同的诗，流相似的泪
只做排比，用苍白的词
白精灵从平原上跑过，一群。

松松垮垮。沉沉睡去的总是远方
永不长高，永不许诺，白精灵靠在
老了的墙，老了的直角有久远的梦话

韩信点兵

韩信点兵
抽出了脚
痒的那一只
在大地上刮擦

林中有雾

林中有雾，如夜里有清醒的小东西
凡人的苦恼始于绒毛止于绒布
林中有人轻轻地走着。尝试他的双脚

树里长出年轮，牙缝里的菜
都只能在丢失时换取惋惜
今天我把自己抛置于四野
贪婪能使人快快长大

智　者

智者的言辞和犄角的纹
刻入水波，脚趾一扭就是风
在自认为的季节，水草和野兽同样丰美

蓝色的卵开裂，有欣喜的蛋清
一个未完成的生命，半个偏爱的死亡

城楼之上

城楼之上，月色堆砌成一张古琴
年久失修，只有弦揉搓岁月
发出马蹄的回音；当年渡江的人们
摇旗呐喊，又一壶春江花枝，城头高冷
夜里锄头传出妇人的声音

万物都有痛苦

本诗有直白的痛苦
长亭有长的痛苦
饮水机有两个痛苦
我仿佛有三个痛苦

六　月

六月里青鸟低飞有如苍穹
六月里橡木高涨有如尘埃
六月里所有坏蛋与对偶我都想起你
想那茅檐下的山洪与月光
生火做饭，有如男孩女孩

这个六月令多少浣熊欢喜与惭愧
木讷的山川流入宫墙
请让我在黑夜里作一条拼命的蛇
拔掉所有虎牙亲吻冰雪

六月里我多想昨天的日光从东西升起
函谷关里，我为你布置了一片草地

致我们的风和蕊

——献给 Y

青苔从门檐滴下
我想带你走去田埂
那些琳琅的露珠打湿星辰
你琳琅的手打湿梅雨

去车站，紫色的火车开向铁塔
低低的云蒂凝成花蕊
我愿意不断与你重新相识，在巴黎
坠入你的笑容永不停息

幻想听你弹布鲁斯

日光渐短的季节，鸟儿容易一只
黑点点地飞过，可以用来比喻孤独
猫容易轻轻巧巧化成蓝烟
就这么缭绕到没有，不见。
而当你坐在高脚椅上，一切刚刚开始
枫叶变蓝，信封变蓝，茶水变冷
而我那堆林林总总的感觉本来就是蓝的。

给陌生人

陌生人，灰白的日子里你从我身边走过
同一个方向，总是远去
向一方甘甜的土地。那里有甘甜的巷口，伸展它雪色的苔青
我灰褐着，并不明白

陌生人，你怀里遗落了种子
掉在我肩头。我以为它长出
橡树，莲蓬，红豆，一切挟我东流的年华
原谅我肩头太冷，而种子太轻

如今你要远行，作流转的夜色
陌生人
我们可以互相寒暄，交饮羊水
那些东流的，如果它们回来，长出
橡树，莲荷，红豆
令人惊喜的植物

然后我任你远去
在星河陷落的时刻
带走一个灰褐之人的
第三种颜色

我尝试想些崇高的东西

我尝试想些崇高的东西，
比如三月，日光漫过山野
雪峰比我的窗子矮半人
当人们出现
我便浅浅地爱他们

爱谷地的庄稼，敦促他们快快生长
好不伤了梅雨的心，在八月份
湖水涨过警戒线，我想到
人们奔忙着并安坐在火炉边谈笑

谈那些我所无法想的东西，崇高的
诗人写下的山谷更加真实。

马蹄声中

马蹄声中我寻找大地
从高高的空中我只见到云
光明使人感到绝望，这雨水充沛的季节
作物的欢喜分为忧郁和冷漠

黑枝条

当黑暗降生，尸骨否定尸骨
墓地如肠胃翻卷，在地壳深处
那里有软肋，象征天使的痛苦
纪念着湿重的黑枝条

当黑暗成为万人的光亮
你仍要从城中升起，作弄
万人虚设的泪水
因为你不懂悲伤，以为能移动最冷的山
在众神的脸上

生日之前

众神把我邀约，当我作仙子
花环从子宫中出，羊马不如牛
荒野有它的富足，我有我的盛筵
于是把杯子当作碗，这样的十六年。

青色的隐喻

从地铁站出发，湿淋淋的太阳挡住去路
年代都凝结于这一点：在行李上
它们挣扎和尖叫，扑向地底的火烛
从湖泊行车到白桦林，窄窄的叶子
刺破声响
鸟群飞过，在我左边
如在我右边

八点整

八点整历史的车轮轰隆隆驶过

轰隆隆，在你所钟爱的大街上

云母有玫瑰的颜色

浓密的山林像一场梦，平铺开在地上

小镇专卖套马绳，棕色的手柄

子弹令人迷恋，皮革和奶油的味道

人人都可以进出，在那家小店，店员笑得像薄荷

姑且叫它艾柯维

墓 床

新娘
裂开了口子，在那潮湿之所
节制不能延缓痛苦
因为有人走过，采取别的步伐
又像是在奔跑，在石碑林间
灰色和雾色不分你我
新娘
躺在高原上，小小的雨
和重重的石基

被人撩起。

苦芥子

我发现自己
一脸严肃，仿佛
然而又没有
只是走在街上，寻找
那些一脸严肃的行人

他们往生活里加糖
使自己想起
寒冷的季节
就应该南下

在木地板上，喝茶

我承认
这世上有高高的骏马
只是我的那只
已不复存在

而列车节节像是熟透的铜铃
使我看不到脚，在早晨
刚醒来的时刻

如果有什么我已忘记

如果有什么是我已忘记的
树叶将哗哗作响，提醒
十一月的人们十一月，十二月的人们
做那些生活中该做的事
拔牙，换药，撒一点点胡椒

天际向我滚滚袭来，它自古
向东流去，追逐流水
使多愁善感的人们加厚床单
蓝色的柿子和绿色的桃
它们一旦落地，就不复存在

呼乌拉尔湖平躺在草坪上

当一匹母马飞过，新叶子变成旧叶子
叶脉上的褶皱像蠕虫，羊皮纸上的第一个秘密
年代太过久远，我只知道幸福
我的唯一一颗太阳有蜕皮的光泽
就在同一片草坪，菊花被献给自己
风翻动我的头皮。
给它涂上星河的膻味，而当我平躺下去
针叶草嵌入背脊，像一杯酸梅汤

理想国

理想国只用来长云
白和鸟混为一谈
青鸟和爪子各是大地
山川引出山川
秒引出秒
所有的不幸都成为柴火
所有的幸运只是惊讶
先死去的我孕育后来的我
我就是我，不大不小

装扮者

装扮者走上城市顶端
那里花草像镜子，树像叹息
红红火火的鸟儿从头到尾
雨水投入肥肉

装扮者静静地闻味
他假装涂抹
丛林混迹于他的表情
一切记叙开始于符号

草 芥

草芥一小，便只剩下黑夜
列车东去，又往回开
在矛盾里，我爬上上铺
和衣睡下，和枕头睡着
当今世界。我梦见老人的手
清澈高远，使我联想
草芥一小，便只剩草芥

珊　瑚

珊瑚、盐是海浪的青春痘
我们是大地的青春痘
再过十年我将被人遗弃
珊瑚呵，珊瑚
死后让你我变成冰岛

仙　子

仙子赠予我朦胧的背影

空气进入我手赠予我琴声

指头太短而星辰太高

亲人很多而月亮刚好

仙子令我想起篱笆

矮小丛生的灌木

它们报我以焦急的等待

我看见仙子头上是瓦罐，心里是泉

执子之手

我在高高低低的山峦下练习傻笑
这羊群脚底悲伤的牧神
两只眼睛爱上了同一个远方

我愿献你我斑驳的河床
那里水生植物低语并高唱
我愿终生与你盘腿而栖
不住地眨眼，不停地偶遇

致 D. S.

我们都有重疾，且又都是孩子
我们都紧握床头以求控制这个世界
夏天的悲哀是所有泥土
你吃下泥土也穿上白衣

如果有风，你我将高高地飞起
飞向一片空无的沼泽
那里动物繁殖后躲进苍老
那里的水充沛，有成海的意愿

缪　斯

缪斯，缪斯
葡萄藤喝醉了自己
达令哈是个什么地方
水罐破碎将成为唯一借口

缪斯。她弹起肚皮
风筝是那么平坦，它是
我也是。胡须证明爱
爱成为唯一借口

也许出门

也许出门，去起风
春天的我不是秋天的我
看太阳陆陆续续地破裂
流出橙汁，紫红的枫林
流向山川，淙淙的山川流向田野

也许出门，弄一弄小清新
寄一只空空如也的信封，寄给左手
我要在食不果腹的苍茫中紧抱自己
像是第一个情人；也许活着
就这么蹦蹦跳跳地活下去

假面舞会

三个月有一拍
我紧握大地
一只眼睛盯住酒瓶
蓝色的吸管开始燃烧

风铃草

认识你之后我不会写诗，风铃草
认识你之前我不会写诗

矮矮的山丘饱藏小巷
红红的熊舔舐椰果
我为你小了一次又老了一次
风吹了起来又唱起白鸽

关于流星

我们都在兴奋地发霉
而我们独自倾慕：
看着看着就哭了起来

我的妈妈会做饭
但她不会数星星
她已经过了那个年龄
可我还是给她夜空

十二武士

十二武士他一个人叫十二武士
他比得过所有信用卡里透支的獠牙
十二武士沿着井走
他有他自己永恒的事业

人们急于互相臣服
一棵云杉的反面有难忍的阳光
这世界夜晚太多而歌太少
我害怕唱着唱着就会词穷

装成一只狼

装成一只狼
一定要先告诉妈妈
你说："妈妈！
看我的胃腔
那里有又长又滑的赤尾兔"

你妈妈持续洗碗
作为一个大女人，丝毫不给你
撕咬的机会

钠元素

蚂蚁亲彼此
钠元素？读出来
有母乳的味道
草场上迸溅出奶牛
用蹄子轻轻敲地面
等一个星球，在夏天
慢慢熟起来

小小的地震

我最爱小小的地震
人们玩味逃走
夏天之前，梨子的汁还不多
也不甜

午后也不打雷
小小的地震
沼泽黏糊糊的只吞一口

就不会有那么多悲剧

国家大剧院的人统统转身
他们要对我鼓掌
因为我是 420 寝室
第一个刷牙的人

当我重新做人

我得重新做人
熟练掌握那层光影
人世间的鸡尾酒
滚滚，我从布上举杯

把腿搭在山上睡觉
我根本不梦，根本不
星辰回到我兜里
它们不属于我
于是我得巧取豪夺

昨夜着凉

昨天夜里
突然醒过来
想不到一个熟睡的人半夜醒来
该如何是好
躺下又睡了

永志不忘

雨在早上六点整开始下起来
泥巴脚踏进了兔子洞
学校的行人一如既往
用不上形容词，用不上形容词的乃是生活

我的早餐从不吃粉
粉面太滑，不容易掌控
更多的是无名指和中指夹着一张残缺的饼
和邻座的人谈论灯光

2013

混血儿

我是爸爸和妈妈的混血儿
夏风来了，我就赤脚走在赤脚的柳树上
或是直接坐着
我们混血儿不习惯
黑夜里夹杂着任何白天
我只爱咀嚼、咀嚼
以及剩下的咀嚼

我这个混血儿有那样古铜色的皮肤
到了中年，也许我到了草原走走
会蹲着，变绿一些

短　风

短风从山脚吹到山腰
夜色走动
有些不安

那辈子的虫子
都长了翅膀
并不是因为飞
而是由于我把比喻
都埋在了碗里

老掉的燕麦

十一点钟寄宿学校准时开门
看门人抽着他的烟，他把头低着
不让别人知道那只毛手套的价钱

我的铁碗时冷时热
我自己却不曾追随任何一条渐宽的字母"L""K"或是"J"
想象着哪一天沙漠仍是沙漠
橘黄的叶子一捏就碎，我跪下来
温存地舔那些剩下的叶脉
回忆最后一次火山喷发时肋骨撞击润泽的嗒嗒之声

生活真实因为头皮太痒

人们在躺倒的时候变成河流：
那些村庄，石镇和草房
稻谷的脚踝献上高高的果实
星月满脸通红，夜空那块睡着的铁

然而下一个虎狼需要猎枪
春天跪直了杀人
山上同时长了那么多草
婴儿吹过村庄却仍是手脚闪烁

万里无云

人们从楼底下走过
并不叹息
走廊里空无一人
并不叹息
一只伞打不开
并不叹息
红色的鸟吃得更饱
并不叹息
最后一个句号打在别人身上

石器时代

石器时代除了石头
只有刨子
早期的耗子生下早期的高原
眼睛们总是看向深渊

只有深渊，正如目前
缜密的月光闭着眼数数
数了好多好多年

许多许多

青藏的人们学会唱
两只老虎
山确实是长大了
不爱我了
我也不以泪洗目
除了收割要做的
　　事情还有几个
不算很少，许多许多

结绳记事

雨水发达
交通便利
猪吃饱了
也打个盹

我看到太阳
我看到的那个太阳是
香喷喷的太阳
以至于在想起它的时候
我手抖了两下

婴儿之妹

多少年来
我怀疑山其实不那么
绿，白，紫
风离我而去于是我有风
那棵高高的胡杨
去年二十一
今年二十二

两年都好
明年也好

芒 牙

尖尖的亮光

一下子杀死了伊利谷粒多

我还是个婴儿

因为我还可以躺

一天

大海一直是个婴儿

并不是因为它多小

风一吹，蓝出了指甲

樵　夫

樵夫想快点长大
以便够着树上的熊
他想砍倒一棵树
为了种下一棵草

风从来不只是往林子里吹
然而树从来都只往林子里吹
樵夫一个人拿着斧头
累了歇歇可以砍一棵树

住在那边

住在那边

有风偷袭

节日里点一盏红红的灯笼

用来装点我心爱的夜晚

种点花草

长出蚊虫

那几天的白云

算是白

回旋梯

风踩着回旋梯上了楼
看到那些树
风踩着回旋梯下了楼

暗处的火焰

火焰出生害死了他的妈妈
所有明亮的东西统统是难产儿
人们在某些特定的转化中
总是追悼和脱鞋
仿佛一场雨
下完了就只剩天气预报

然而今晚火焰咬伤了我的手
火是一条咬人的尾巴
他摇滚表示的却是愤怒
于是火再次惊醒了黑夜
这次不同于以往：一些鸟从远方飞来
一些鸟便飞向远方

篝火晚会

从中间那团绿火扩散
是一群手，一群胳膊，和一群名叫波恩的枯叶
他们人肉中夹杂着肉
人血里流淌着血

然而这只是别的
就像这只夏天：
一只绿头果蝇在绿火中
投下了一粒圆卵

王那个和那个王

王那个碰到了那个王
好像是在梧桐街
王那个指着那个王
那个王指着王那个
他们长得不是很像
名字也不像
王那个数学不好
那个王的妈妈要王那个做题目
他们俩只在桌子上碰到过几次
王那个和那个王喜欢
异口同声
这样才能表明大地很大
小箭很小
但不管怎么样
还是得说一句话
以便造成不小的误会
所以他们　不张嘴巴
说
今天的太阳好大

雨森林

雨森林多年没有下过树木
在这里从太阳向我走来的是黄昏
雨森林
五只鸟一生都留在这里，大地的龟裂是它们歌唱的
唯一灵感。雨森林，用肩膀种下的海棠和枣木

血亲们就坐在最大的一片油菜花上
你快看那里的东风，向北逃窜的东风
这里的冬天，向南延伸的冬天里没有一片雪花
雨森林，我宁愿向沙漠走去再回来
带一滴雨回来，带一罐沙回来，我不住在森林中间
森林中间没有我想要的雨天

最中间的风是最黑的风
最中间的树可能是最高的树
最中间的树一定不是最高的树

2012

我的生日是一个短年代

——Tom Sawyer 说他是一首歌

师傅们开镲了，鼓棒子在那只黑色音符的一击中断裂

断裂了就不再是黑夜，不能用一些断断续续的手法来嘲笑一
    个过生日的孩子

无话可说便是梅雨天气，我是足够大的一条蛇，生日是我的
    断截，我身上全是绿色

这是为了祖辈们的隐藏，隐藏走过这片丰沃的泥地，隐藏我
    轻逸的步法

我们素来隐藏得很好，大地找不出我的左脚和右脚，我的眼
    睛也找不出我

我知道我习惯于住在山洞，那里的生日是一件喜庆的事

人们在这些白天里使用酒杯和高跟鞋底，我可以听一首刺耳
    的歌

生日里换一件皮衣，换一双眼，换一只僵硬的脚钉：换一个
    数字在脸上

生日里我们扭曲身体，用振动装饰鼓皮，山是大地赖以呼吸
    的鼻梁，岁月是进出的氧

师傅们打一些双跳和复合跳，他们也过过生日，生日就是描
    写太阳的日子

描写日光，描写荆棘和驴群高高挂在头上

生日里喝酒，用泥土要挟作物，我是足够大的蛇，我可以飞
    起来松动我的鳞甲
只要我在翅膀中找到了我的脊椎。明天我就是一条蛇了
是的，明天我还是蛇，只是我将是一条更长的蛇，我吞吐浆
    果的样子会更有韵律
天下在明天分成两半：我的左边，我的右边。我自己则是旅
    途
在途中我停下来安心弹一首歌。说到 Tom Sawyer 我笑了
就这样结束，Tom Sawyer 说一些日子，一些有角标 41 的日
    子
十月的秋天，Tom Sawyer 说它是一首有双踩的歌

宝盖头

宝盖头下住着妖精
一只一只的妖精
认识我和不认识我的妖精
我也住在妖精那里
但我不是妖精
我只是住在那里
每天给花浇花，给土松土
擦洗太阳，把宝盖头里的妖精喊一遍
这就是我的生活
我也喜欢出去逛
但这是宝盖头外的事了
我不想跑题。

天　空

天冷了流行

擤鼻涕，用黑笔写白色的字

伸月亮，嚼太阳

这只是一个学术问题

买一根

0.5 的树枝

用来卖。盯着看

耳朵长了只是好看

乌云长了只是好玩

风 车

风车
有红的蓝的和绿的白的
你有没有发现
白的风车总比其他的
慢很多
因为白的风车，风儿
找不到。

石　头

石头很硬
他的爸妈好像
也是石头
黑的
白的
一般是块状的
想变成鸟
飞来飞去
还是石头

闰　年

好安静啊

闰年。它有四个酒窝

一个鼻子。一些东西

扒着，29 号最好多写几个字

献　诗

在不下雨的时候
数一数出现的灯笼
多久没有献诗了
多久没有
把骨头扔出去
扔到村庄里去
那里有许多花
在路边，人们总要松动他们的脚趾
岩石，光
几朵云
飘过来
飘过去
什么都不是

2011

大地大久了会长霉

我需要指头一根一根数
才能天明
我需要一首一首唱，云啊
雾啊，回家的虫子啊
才能睡醒
能否兑换成巧克力啊
你白天鹅的只言片语
没有人会唱这首歌
没有人记得大地的歌词

在水边

在水边的日子里，披一件空空的衣裳

在水边，有一群似是而非的东西

往年，水把大地上的东西包起来，送他们一件

铁匠的衣服。在水边，有人想给蓝颜色冠以你我的暗号

有风在水里换衣服，月光在酒杯下集体逃逸；

在水边，还有一棵树，一棵长了青春痘的树

一棵小树。像所有朝着水心望去的云一样，每只老鼠都是一
朵水仙

在水边，在夏风和冬风开始呵呵笑的日子里，是不需要开暖
气的

我想，在水边，一个海盗能埋下九笔咄咄的宝藏。有可能是
石头

水边，连珊瑚都没有的水边，你的船就有些喘息了

岁月的喘息。也许没有哪句话会告诉你

在水边。一个人把天漆成蓝色。是的，在水边，尽可以只爱
着蓝色，只喝一滴不醉的酒

就是这样。在水边，买一套大房子，鸟儿繁殖的季节，一个
人对着空空的日记本饮酒

咚　咚

一下子就下雨了

咚咚

我要借个眼镜才能看清雨长得

什么样子

下雨之后就冷了

冷得我好冷啊，

下雨的时候不一定非要写一首诗

因为你不知道雨什么时候才能做完作业

据目前的情况

是咚咚的雨，将来，

还有可能，

是叮叮、啦啦、嗒嗒的雨

雅各的家人们

雅各的儿子不是圣子
这点雅各很早就知道了
并为此喝了一点儿小酒
雅各的房子也要装修
整个村子的人都知道
雅各没有那么多的面饼和鱼
所以雅各不必长太多的胃口

雅各的名字是孩子他爹取的
取得很好，主说，这样，他就不必为丛生的目光发愁了
雅各有一个弟弟
　　叫雅格
雅格有一个哥哥
　　叫雅各；
天黑了。雅各的家人们要睡觉

大　海

这里的人没有什么顾虑，风想怎么吹就怎么吹，水想哪样流
　　就哪样流。正如扫罗王穿什么衣服都是扫罗王，冬天烧什
　　么煤都是冬天。

这里的雨常常来自云，渔民们常常脚踏着沙土。鸟儿喜欢用
　　这里的声音传达爱慕之情。大海里有很多生物，很多生物
　　之外便是大海。

这里的耶和华创造大海的时候并没有想给它一个笼子，是
　　呀，笼子要它干吗？所以

人不能在海上走

鱼不能在海上走

鸟不能在海上走，所以

大海都是自由的。

摩西出生的那一年

上帝需要有人为他打理脚下的东西。他们从来不谈论某颗星星的产生与死亡，从来不为稻谷和小麦而思考气候。上帝需要有人为他打理周围的治安问题。信仰是他的面包。

凡间的东西（水、石头与荆棘）曾经讨得他的欢心。不过他需要别的。摩西因此而存在。

摩西是个固执的人——生下来就是。他总是喜欢趴在地上，仰望天空与星尘；既然爱他们，为何趴在地上，而不是站起来离他们近一些？

也许是因为他的襁褓中塞满了盐吧。

——他身上有血吗？

——他的妈妈是屋外那些泥土吗？

——他会行走吗？他行走于哪片江河之上？

——别谈什么信仰。

气候改变了他的观念。天上的人们用迷离的星相和香油控制他，以及他以后的去向。

现在谈一谈生活：假如上帝让他通过绳子、时间与锋刃死去，他会的。他的灵魂不被埋在土里，会升上去的。

他喜欢和主在一起，是的。

一首献给风与儿童节的献诗

现在吹风，多好多好

晚上看中央一台才想起儿童节
晚上看中央十台才想起要为歌和风而诗
外面天已经很黑了，有初生的黑暗也在过节呀
哦。
献给儿童们的诗，一定是儿童的诗
献给儿童们的风，一定是季节发出的欢叫

想自己是儿童，想自己是儿童的感觉多好
多好多好，像海南的天空，像飞机背着的云
想自己是儿童，还是儿童，明天就不全是了
珍惜一秒的感觉真好，珍惜收视率的感觉真好
多好多好，

一首献给儿童节和风的诗，
事实有花、草、橡树从里面迸出来，事实有风
事实有乳牙与梦呓的翅膀。宝贝，别害怕，天黑了
但是天马上会亮起来的。就像现在，做一个仙子
多好多好

但不一定是这样——你们会和我长大的，长大，但翅膀上的

羽毛

反而会掉得　精光　像某一个学者老师的头

但不一定是这样——总有一天，你们会发现自己的

手，脚，哭声连同那颗搏动的心脏

你们会发现，

多好多好

在这些之前之前，你们还有风和节

你们在途中会发现，

生存是件可怕的事——它反而代表着毁灭

二

两个瓶子空了
两只鸟飞了
天上的云买彩票："二，二，二!"
两根面条结伴而行

两节车厢，两段诗
两个人在上路
肥沃的土地上
两颗眼睛掷向远方

大阳岛屿

这里有一条船
划呀划呀划上岸
这里有一座岛
漂呀漂呀漂入海
这里有一棵树
长呀长呀升上天
这里有位小王子
活呀活呀老死了

夏天到了，春天还没来

就这样，你出人意料地来了，就这样，星星还在发光
山就这样建起来了，水就这样干了，云就这样成了天的蒲扇
就这样，夏天的花开了，春天的花谢了
冷风就这样走俏了，就这样被空调电扇垄断了
就这样又十分怀念你轻摇的蒲扇，又十分怀念那些冰雪的微
　　笑
水渐渐热起来了，你渐渐来了，冬天是用来怀念你的，这个
　　季节是用来
怨恨和折磨你的。时间就这样把我抱起来了，就这样来了就
　　走了
知了就这样闹起来了，风就这样冻起来了
附和你的风热了，反对你的风没了
你就这样，我就这样，你就这样出人预料地来了
春天就这样出人意料地走了，我就这样出人意料地长大了

水电工

房子买了，爬山虎占据了半个春天
水电工不准时地来了，手里拎着不像云那么白，那么轻的包
他拿着螺丝刀，问问好，然后蹲下来弄他的管子
管子是红色的。
他不要喝水，拧螺丝，用钻子钻墙，做着胜利的姿势，让冬
　　天钻到墙的很深很深处
之后，他唱陕北的歌，学铁匠痛打我们心爱的墙
声音很大，有一种漫过春天的趋势。
他这样修了一上午也没找我们要草莓酱。
随后弄完了，他给一直在旁边的爸爸打个招呼
拿他的螺丝刀，不再唱歌，眼里没有人民币
就这样轻易又轻盈地回去了

世　界

现在是清明时节

路上有水

有雨帘

小楼只有砖

这座桥是用青石砌的

现在是清明时节

秒钟被苔藓粘住了

爷爷在时针上走

田螺是绿的

爷爷栖身其中

现在是清明

这个世界除了黄色

还有白色

花　蕊

雨撩动岩石

风用树叶演奏

蝉与鸟不在这个世界

轻轻的雾

像一簇水仙花

我们都是花蕊

我们都是花蕊

静静的

要唱首歌给你听

山　楂

你是夏天的红眼睛
你在枝头等待
云在头顶淙淙流淌
你在枝头徘徊
你是夏天的红眼睛
你是森林的铃铛

秩　序

松鼠挖出地下的松果

老一辈的教小一辈的相扑

黑色和白色的棋子大踏步地移动

每一种眉眼都是一次闪电

风像没有秩序一样吹

它们撩开大海的头发

让它看清

万物有着没有秩序的秩序

头　发

我的头发是黑色的
比黑色还要黑一些
西方人的头发是金黄的
比月亮稍微黄一些
可无论是什么颜色的头发
一扯都会掉

照镜子

妈妈喜欢照镜子
她总是说
我是多么漂亮啊
我觉得这是荒诞的
应该说
镜子里的人怎么这么漂亮啊

马

迄今为止
我都没有见过真马
只有一些像马的马
不会奔跑的马
我发现
这个世界上已经没有了马

浮士德

花儿开着鸟儿飞着
浮士德走着
走啊走啊
都是花儿和鸟儿
再没有其他人
超过他的速度

2010

眼　珠

上帝只给每人
发两颗眼珠
不同地区的人
发不同颜色的眼珠
有时候眼珠缺货
就诞生了伟大的盲人

山

房子旁边长着很多山

挖钻石的人说

山是三角形的钻石

工程师说

山是巨大的齿轮

渔夫说

山是海的浪花

可是我觉得

白天

山是树

晚上

山是墙

上　网

我喜欢上网
但是鱼儿有偏见
它无论如何
也不想上网

只　能

袋鼠妈妈只能有一个袋子
而我的爸爸只能吹牛
小学生被老师按在桌子上
老师高声嚷道
"你们只能学习"
妈妈只能怀孕
于是，日子就只能在她又高又圆的肚子上消失
而我们也只能感叹
这时间的小鸟
一去不复返

幸　福

母亲

给了哥哥五毛

妹妹四元

哥哥对初学算术的妹妹说

五毛的五比四元的四

大

让妹妹跟他换

妹妹欢快地允诺

谁也不知道

妹妹的幸福

2007

水　池

我再次跳入
碧绿的水池中
水滴欢快地舞蹈
又像和我招手
又像和我告别

给小草洗澡

让我给小草冲个澡
让小草乐弯腰
给小草一件 T 恤
让森林里外充满小草的歌

你 · 土地

拿出笔
画出心爱的土地
流浪的夏威夷
被遗忘的土地
留在了森林深处
被遗忘的你
流浪在夏威夷

跋

两个人在我背后交谈，我一声不吭，因为我要写这个跋。

这本诗集里的诗，一看就是一个局促于自己的，试图寻找出口的小人写的。我无意追求瓢泼的大胸膛与精深的脑袋，只是通过这一两百首无因无果的小东西，叹息，敲打，试图把自己十五六七岁的一颗凡人之心塑造成形。

现在我还有一年就要高中毕业了。耳边的清风与甲虫试图把身上的一层壳剥落。这层壳中我生长了十四年，从那个草莓地里观望人影与草叶行为的孩子，变成现在这个样子，一切仿佛都只是夜色在他身上吹了口气。我意识到种皮滑落，阳光清晰，一切悲伤与欢乐都如河流事出有因。因为我在变成男人，同时又是一个女男人。我在向爱睁眼。

所有我在成长中的困顿，因为尚未摆脱自恋倾向导致的爱的小挫败，以及我感受到的某种愉快，都同时在这本诗集中发生。如果非要赋予它们某种声音，那就是爱。断续的爱，畏惧的爱，坦荡的爱，错误的爱，从侧面爱，用大脑爱，以及我对你的刚刚脱胎的爱。有些日子人们会忘记他们自己，有些时刻，诗能给我们安慰，把那些千篇一律的碎屑留住。

2015. 9. 24

图书在版编目（ＣＩＰ）数据

她们这样叫你 / 王芗远著. -- 武汉：长江文艺出版社，2015.12
ISBN 978-7-5354-8534-2

Ⅰ. ①她… Ⅱ. ①王… Ⅲ. ①诗集－中国－当代 Ⅳ. ①I227

中国版本图书馆 CIP 数据核字(2015)第 289747 号

责任编辑：沉 河　谈 骁　　　　　　责任校对：陈 琪
装帧设计：江 风　　　　　　　　　　责任印制：左 怡　包秀洋

出版：长江出版传媒　长江文艺出版社

地址：武汉市雄楚大街 268 号　　　　邮编：430070
发行：长江文艺出版社
电话：027—87679360
http://www.cjlap.com
印刷：武汉市福成启铭彩色包装印刷有限公司

开本：640 毫米×970 毫米　　1/16　　印张：14.25　　插页：2 页
版次：2015 年 12 月第 1 版　　　　2015 年 12 月第 1 次印刷
行数：3712 行

定价：32.00 元